AF311623

LES

NUITS DU DÉSESPOIR.

PREMIÈRE PARTIE.

LES NUITS

DU DÉSESPOIR.

EN PROSE ET EN VERS,

PAR

ARMAND MARCHAND.

DÉDIÉ A DEUX FEMMES.

PARIS.

C. PARISSE, IMPRESSIONS EN TOUS GENRES,

3, PLACE DES VICTOIRES.

—

1843

PARIS. — IMPRIMERIE DE Mme Ve DONDEY-DUPRÉ,
rue Saint-Louis, 46, au Marais.

AVERTISSEMENT.

En fait d'avertissement, je veux en faire le moins
possible, parce que c'est ordinairement une chose
assez ennuyeuse et qu'on ne lit presque jamais.

Cependant je sens la nécessité de dire deux mots
au lecteur pour répondre au reproche que sans doute
il ne manquera pas de m'adresser. Aimer deux femmes — quand soi-même on se pique de fidélité. —
Voici mon excuse :

A treize ans je perdis mon père, à dix-huit ma
mère : souvenirs déchirants pour moi ! C'est de là

que date ma première douleur. Mon premier jour dans le monde fut un cadavre, et la lumière lugubre qui veille près d'un mort l'étoile de ma vie ; car j'étais *seul*, tout *seul* au milieu des fantômes qu'enfante l'imagination quand on est isolé dans la nuit d'une chambre sépulcrale, où règne le désordre complet.

Aussi dans ce jour funèbre où je veillai le corps de ma mère, où je fis *moi-même* toutes les démarches nécessaires à l'inhumation, la mort vint aussi planer sur moi, et le sang sortant de ma poitrine vint remplir ma bouche ; mais sans doute l'Ange marchait-il avec moi, car tout fut fait, — la terre recouvrit ma mère. — Je vécus. — Pourquoi n'y eut-il qu'un cercueil ?

Je ne parlerai pas des suites qu'on appelle la Justice, et qui vendit tout, quoique ma mère ne dût rien ; et quand, dans une sainte colère, je demandai la raison de ce pillage, on me répondit avec un énorme sang-froid : On vous laissera un matelas.

Puis j'apparus au monde déjà à moitié brisé. Tout était joie, tout était folie, je conçus l'espérance ; mais je vis bientôt que son bonheur était éphémère, qu'il comblait le vide sans jamais le remplir. Seul, isolé, je compris que pour pouvoir souffrir, ou ne pas souffrir du tout, il fallait être deux. Alors m'apparut un bel ange à la chevelure blonde et aux yeux purs; tout était en lui (hors une chose): je crus mon mal fini. Illusion! trois ans plus tard la destinée nous séparait.

Neuf dans le malheur, je ne pouvais concevoir que la mort ou la vie; je cherchai l'une dans le suicide, la Religion m'apporta l'autre.

Après une forte maladie où j'essuyai l'ironie de la mort, je revins à la vie par d'utiles conseils et de pieux souvenirs;—mais à une vie triste, mélancolique, toujours le désir de la mort et peu de résignation pour la vie.

C'est alors qu'une seconde femme passa devant mes yeux; c'était une enfant de l'église, aux cheveux argentés par le malheur, bonne, douce; elle aussi elle souffrait. Deux cœurs malheureux n'étaient-ils pas faits pour s'entendre?

Je secouai ma poussière, elle me donna la vie.

Je fus heureux, car je croyais à la vertu.

Mais c'était une femme : les jours de bonheur coulent vite et le malheur arrive. Elle m'a trompé. Cette blessure a rouvert toutes les autres. Je souffre, je me plains, je me désespère, et voilà tout.

Le destin a compté tous mes jours à venir
En laissant au malheur le soin de les remplir ;
Et le temps qui s'écoule, emportant ma journée,
Voudrait pour m'accabler plus de jours dans l'année.

AU LECTEUR.

Si tu connais les pleurs, regarde mon ouvrage;
Si tu vis bien heureux, ne tourne pas la page;
Mes vers seront pour toi de longs vers ennuyeux,
Ils ne conçoivent pas le joli mot d'heureux.
Souffrance et puis malheur, voilà leur répertoire :
Abaissement, mépris, voilà toute l'histoire.
Tiens-toi pour averti ; je dis de bonne foi :
Si tu brille en gaieté, ne les lis pas, crois-moi.

Avant de commencer aussi je te conseille.
Pardonne si ma rime écorche ton oreille;
Ne compte pas le pied toujours avec rigueur,
Laisse ma muse errante épancher sa douleur :
C'est elle qui m'anime, implore l'indulgence
Qu'elle espère trouver dans ta noble conscience,

Mais qu'elle n'a su voir dans les fastes hideux
Qui rient de la vertu, comme moi je ris d'eux.
Oublie en mon récit la faute fourmillante,
Mais puises-y sans honte une leçon frappante.

Isolé que je suis, si je prends un crayon,
Va, ne m'accuse pas ; — car la présomption,
Le désir de la gloire en mon âme affligée
Ne saurait pénétrer : elle est découragée.
Son désir en mourant à ce monde menteur
Est de rendre son mal pour tromper sa douleur.
Elle n'accuse personne, oubliant l'injustice,
Elle ira pardonner au milieu du supplice ;
Oui, mon âme et mon cœur, belle création,
Parlez... mais sans colère et vindication.

Vous qui savez souffrir, mais souffrir sans vengeance,
Vous seuls vous comprendrez de mon cœur l'existence ;
Car les autres, joyeux, sans les interroger,
Je leur dis, et sans crainte, il vous est étranger.
Pour souffrir comme moi faudrait être moi-même,
Savoir ce que je sens faudrait être suprême.
Oui, mon Dieu, mon espoir, toi seul lis dans le cœur,
Sais former la vertu dans les mains du malheur.
Toi seul, seul, oui, Seigneur, tu sais ce que j'endure ;
Toi seul tu pèseras mon mal et ma torture.

PREMIÈRE NUIT.

Le Devoir.

Le devoir ordonne à l'homme de subir sa peine et son agonie, juste ou injuste, avec courage et résignation.

Mais l'homme étant né avec l'instinct du bon et du mauvais, source du péché originel, c'est sans cesse un combat qui s'élève chez lui et où la force passe alternativement d'un parti à l'autre, selon la passion qui le domine ou selon les bons sentiments qui parcourent son cœur.

Rarement l'homme est maître de lui-même, surtout si le bien lui est contraire pour le moment.

Il lui est si naturel de vouloir jouir, que le présent seul l'occupe. C'est un fruit qu'il mange sans être mûr, qu'il dévore comme une proie qui veut lui échapper, dont il se rassasie comme d'un mets naturel qui apaise la faim d'un jour, au lieu de laisser fructifier dans son sein, par les soins du temps, les vertus semées par le Créateur, qui donnent dans l'avenir le bonheur et la tranquillité.

Mais non, l'homme ne veut voir que le présent ; c'est la philosophie de l'enfer. Il cueille, il ramasse les fleurs éclatantes d'où sort le poison qui plus tard donne la mort.

Le bien, il l'aime autant qu'il hait le mal. Mais si parfois son enveloppe est salie, si la pratique en est contraire à ses intérêts, il s'arrête effrayé. Le repousse-t-il ? Non ; mais il ne le fait pas.

Voilà le naturel de l'homme ; son esprit, son cœur, sans le vouloir suivent les variations de ses désirs capricieux et souvent irréfléchis.

Ballotté sans cesse, guidé par ses premières impressions, les passions ont leurs voluptés pour lui, comme la vertu ses jouissances ; et tout en ayant le discernement du bien et du mal, si celui-ci le caresse, pour le moment il deviendra son esclave tout en voulant l'éviter.

La vertu chez lui a bien son empire. Calme, réfléchi, il promet de lui être fidèle ; mais si l'injustice vient le frapper, malgré lui son âme orgueilleuse se révolte, il veut rendre mépris pour mépris, et il s'égare tout en voulant apprendre à pardonner.

Le penchant qui l'entraîne est la force irrésistible des premiers mouvements de sa colère, auxquels se joignent les organes de l'âme, qui, comme de jalouses rivales, précipitent au dehors et toutes ses vilaines pensées et toutes ses mauvaises actions.

C'est donc par de continuels efforts que l'homme doit travailler à se rendre bon, à dompter ses passions de manière à rester maître de lui-même et en tout temps et en toutes occasions.

Par ce moyen, l'injure, l'injustice, glisseront sur son âme fortement trempée, sans regrets de vengeance et sans envie de haïr.

1.

Le plus vilain sentiment qu'elle pourra éprouver ne saurait faire aucun mal : c'est une pitié, pitié douloureuse de ne pouvoir ramener une âme au bien et à la vertu.

DEUXIÈME NUIT.

L'Abandon.

Ce qui me frappe, ce qui m'étonne, ce que je ne pourrai jamais bien définir, c'est de voir des amitiés certaines, des attachements prouvés, pouvoir se séparer, s'éloigner, je ne dis pas sans regrets, mais enfin qu'ils puissent y parvenir.

Appellerai-je cela du courage ou de l'oubli? de la force de raison ou de l'indifférence? — Je ne sais.

Mais je dirai : Malheureux celui qui s'attache, s'il n'est pas certain qu'il y ait toujours de la réciprocité entre lui et la personne aimée; car alors la rupture tue, l'éloignement absorbe; c'est mal sur mal, agonie de souffrances, océan de tortures, et puis la mort.

C'est l'arbre coupé sur sa racine : une partie tombe, meurt; l'autre végète, repousse, mais ne reproduit jamais.

Ce sont deux parties produites l'une pour l'autre, ne devant faire qu'un seul esprit qui doit réagir également sur les deux corps et y établir intégralement cette harmonie parfaite, partie de la perfection que Dieu nous a donnée, et d'où seule nous pouvons tirer le bonheur ici-bas.

Oui, l'homme seul est un être incomplet : il a besoin d'une âme seconde qui l'attache à la vie, il a besoin d'exister dans un but, pour quelque chose, ne serait-ce que l'espérance; il en a besoin pour se soutenir.

Avec elle il marche sans frayeur sur son tombeau caché, il sourit au milieu de ses tortures, comme un martyr du Christ entouré de ses bourreaux; et il descend dans la tombe sous un voile moins sombre.

Il y est déjà, son pied a touché le fond sépulcral, et abusé qu'il est, — il espère encore.

Oui, l'homme ne peut vivre isolé et sans espérances; toutes ses actions raisonnées avec calcul aboutissent à un désir, à un but quelconque.

Il a besoin d'un second lui-même qui vive en lui et par lui, qui comprenne ses pensées, qui devine son cœur et sa destination future, qui l'encourage, qui le console en partageant avec lui toutes ses peines et tout son chagrin, toutes ses joies et toutes ses douleurs.

L'homme a besoin d'une racine qui lui donne la force d'exister et l'aliment nécessaire à sa vie; enfin il a besoin d'une partie immortelle égale à la sienne pour y déposer ses secrets, ses joies et ses douleurs.

Seul, c'est un être privé d'air, une machine sans mouvement, une terre sans soleil.

C'est un arbre dépouillé de son feuillage au milieu de son enveloppe; son cœur se ruine, se détruit, et il ne peut plus exister.

C'est que Dieu dans sa justice a créé l'homme pour avoir une compagne ou une amie fidèle dans le sein de laquelle il puisse jeter ses misères; c'est que Dieu dans le concert ravissant de la création a donné à chaque être la faculté de s'attacher à l'être qui lui ressemble et qui dans son idée peut seul contribuer à son bonheur.

Et cependant, moi, tout cela me manque...

Rebut de la création et de la terre qui murmure sous mes pieds, c'est la mort que j'invoque, et elle ne m'entend pas.

Sans soutien, sans espérance, je ne vois plus d'avenir pour moi que dans un tombeau.

A vingt-quatre ans j'ai épuisé toutes les tortures et les souffrances de la vie; j'ai vieilli avant l'âge, et je suis mûr pour mourir.

Deux fois seulement j'ai rencontré ce que Dieu donne si libéralement aux autres, et j'ai compris que la vie pouvait être heureuse. Mais, illusion !... le monde impitoyable m'a fait un crime de mes affections, il s'est rué sur moi avec frénésie, et il a été sans pitié.

Victime vouée au malheur, j'ai goûté le bonheur pour pouvoir seulement en connaître le prix et avoir plus de larmes et de désespoir à lui donner.

Enfin, toute mon existence m'a amené, à mon moment suprême, à douter d'une providence, et d'un Dieu plein de bonté que j'ai inutilement invoqué.

Si quelquefois dans mes larmes j'ai conçu l'espérance, ce n'a été pour moi qu'une nouvelle déception à attendre, et toujours le lendemain m'a apporté une peine de plus et une illusion de moins.

Quoi qu'il en soit, sans voix, sans colère dans mon affaissement physique et moral, dans ma longue agonie, c'est encore vers le ciel que je veux tourner les yeux.

Là, seul en cet endroit où la clarté brille, ma conscience me dit d'espérer encore, et j'attendrai que la volonté de Dieu soit faite ; mon âme à lui et mon dernier souffle à vous, êtres sublimes qui avez voulu panser ma blessure et qui songez peut-être encore quelquefois à votre ami.

TROISIÈME NUIT.

—

Rêveries.

Pourquoi suis-je en ce monde? pourquoi vivre pour maudire mon existence? pourquoi exister sans savoir supporter mon fardeau et la vie?

Pourquoi la vie pour souffrir? la souffrance sans but, sans espérances? Oui, pourquoi le malheur? le malheur seul sépare-t-il ma tombe de mon berceau?

Oh! heureux, mille fois heureux si la mort eût moissonné dans mon berceau cette substance frêle et maudite qui devait couler des jours sans soleil et des nuits sans étoiles.

Mille fois heureux, si elle eût brisé mon corps, ce rebut de la nature qui devait vivre sans âme pour ne pas comprendre, et sans cœur pour ne pas aimer.

Oh! oui, heureux, bienheureux si elle eût replongé dans le néant celui qui devait vivre sans passé, sans présent et sans avenir.

Celui qui devait vivre sans courage, sans résignation, sans patience et sans vertu.

Et cependant, puis-je me juger moi-même? mon âme tranquille de remords au fond de son abîme a-t-elle brisé ses passions dans sa chute, et peut-elle répondre à ma question?

Je ne sais. — Et pourtant j'ai bien souffert; il me semble même que j'ai eu du courage quand j'ai prié Dieu avec ferveur. Oui! souvent mon courage renaissait au fond de mes larmes, qui étaient douces et qui calmaient ma douleur.

Souvent elles ont fait descendre la grâce et l'espérance dans mon cœur; alors, heureux moment! j'ai compris que toute chose avait ses jouissances, j'ai senti mon âme s'ennoblir et se parer de ses souffrances; oui, j'ai trouvé du bonheur à souffrir et de la consolation dans mon affliction.

Peu importe la douleur de l'âme quand elle ne bat

pas sous la pression du remords et du crime; ses épanchements sont doux au milieu de sa souffrance: elle reste grande et sublime.

Brisée par le malheur, elle se fortifie à son école, elle s'ennoblit et se rapproche de la perfection divine; car elle apprend cette belle maxime de l'Evangile: — souffrir et pardonner.

Mais, instabilité du cœur humain! éclair de bonheur! vérité sous les eaux que j'ai voulu saisir et que j'ai troublée dans mon fol empressement à vouloir la prendre! Je suis retombé dans l'obscurité, dans l'ignorance de moi-même, et j'ai recommencé à souffrir, criant comme un enfant stupide, voulant que tout le monde me fasse un mérite de mes souffrances, comme si le monde devait s'occuper de chaque grain de sable qu'il rencontre sur son chemin.

Aussi m'a-t-il traité avec ironie, sous des formes diverses; je lui ai inspiré le mépris, aussi bien que la pitié; car l'un m'a traité de fou, d'insensé, un autre par commisérante compassion ne m'a appelé qu'imbécile.

Oui, vous avez raison, vous qui ne m'avez pas compris: je suis ignorant, insensé; mais parce que j'ai souffert sans foi, et que j'ai gémi sans confiance en Dieu.

Comme l'animal blessé qui n'a que l'instinct de son organe grossier pour rendre la souffrance qu'il éprouve, j'ai étourdi vos oreilles de mes cris inutiles, et votre indifférence m'a tué.

Abandonné par vous, j'ai cherché les portes de la vie dans la pensée du suicide; j'ai voulu mourir!... mourir sans secours, isolé, comme le faon atteint du plomb mortel qui va porter sa vie dans l'abîme profond et ignoré du chasseur.

Fantasmagorie d'idées ! la mort affreuse me semble encore seule faite pour couronner dignement ma vie.

Abandonné de tout ce que j'aime sur la terre, ce n'est que dans le tombeau que j'ai l'espérance de l'oublier. Là seul est le repos de la souffrance, le délassement éternel du chagrin et de l'ennui.

QUATRIÈME NUIT.

Réflexions sur la Vie.

La vie! quel mot profond! quel gouffre de souffrances et de prospérités! Quel est cet élément infini
où se confondent le malheur, le vice et la vertu? Et
cependant, ce mot on le traite de rêve, — de voyage,
— de passage.

Oh! vous qui avez personnifié son nom, vous avez
donc fait un bien bon voyage? le rire a donc toujours
erré sur vos lèvres? le bonheur vous a donc accom-
pagné partout? vos nerfs n'ont donc jamais été crispés

par la douleur, ni votre corps amaigri par le chagrin
et le désespoir?

Vos premières années ont sans doute été bercées
dans un paradis terrestre, votre jeune âme dans une
vallée sans misères, et vous avez vécu dans la pro-
spérité qui vous a fait chérir son nom et raccourcir
son temps.

La terrible appréhension, la crainte, la déception,
la douleur, la souffrance, n'ont donc jamais effleuré
votre cœur? votre âme n'a donc jamais été brisée sous
le poids de l'affliction? vos yeux ont donc toujours
été sans larmes, et votre corps sans léthargie?

Oh! vous êtes bienheureux si votre rêve est fini,
si votre voyage est terminé! si vous avez vu le port
sans ouragan et sans naufrage! et si la vie pour vous
n'a été qu'un tissu de jouissances que tant d'autres
cherchent en vain!

Mais du lieu de la sûreté où vous êtes, retournez
donc la tête; promenez vos regards sur l'océan de la
vie que vous venez de traverser; voyez souffrir et périr
le malheureux; voyez la vie sans berceau; l'existence
sans étoile et l'orphelin sans providence.

Voyez le nouveau né arraché du sein de sa mère,
le faible sans appui, la vérité sous le poids de la ca-

lomnie, la vertu isolée, et l'innocence sous la hache du bourreau ;

Voyez l'âme noble et généreuse succomber sous la trame ourdie que sa confiance lui empêche de parer ;

Voyez toutes les vertus tomber une à une sous le piége caché dans l'ombre, victimes de l'hypocrisie infernale des âmes vicieuses et corrompues ;

Voyez le vice orgueilleux se parer de ses succès et insulter à la vertu malheureuse qu'une conscience pure et sans tache traîne dans un isolement complet;

Voyez enfin le malheureux livré à lui-même, sans avenir, sans secours, sans espérances ; la poussière de l'intrigue tourbillonne autour de lui ; le jour semble avec regret lui prêter sa lumière, et la nuit ne lui apporte pas les pavots bienfaisants qui donnent le repos et diminuent la souffrance.

Tout le fuit, tout l'abandonne, et pour panser sa blessure il n'a que des larmes à donner.

Tout le fuit, et tous les maux l'accablent à la fois.

Semblable à une proie jetée dans une arène sanglante, l'injustice des hommes et les mauvaises passions se l'arrachent avec fureur, tour à tour comme un cadavre sans défense livré aux serres des vautours et à la voracité des corbeaux.

Mais regardez donc toujours, hommes joyeux et sans douleur, regardez toujours. Puisque vous n'avez plus rien à craindre, soyez sans pitié. L'avenir, qui vole avec le temps, ne peut plus vous atteindre, puisque les flots du monde vous ont ballottés doucement et déposés sur le rivage avec les tendres précautions d'une mère pour son enfant.

Oh! oui, vous êtes bien heureux, hommes privilégiés! Moi, je cherche en vain le sillage que vous avez dû laisser dans l'eau, et je ne le trouve pas.

Il s'est effacé sous mes pas comme la goutte aqueuse qui glisse sous la feuille humide, qui tombe et puis s'éclipse dans le liquide élément.

Parce que moi, je suis l'enfant du désespoir, je suis né pour souffrir ici-bas et dans l'éternité....

CINQUIÈME NUIT.

———

L'Éternité.

N'est-ce pas, mon Dieu, que tu n'es pas une illusion, une chimère, comme ce monde impie veut me le faire accroire ? N'est-ce pas que tu existes, que tu vois ma misère, mes angoisses et mes souffrances?

Oui, toi, — n'est-ce pas, mon Dieu, tu compteras mes tortures, tu me tiendras compte à l'éternité de mes larmes versées dans l'ombre et du pardon que j'accorde avec joie à celles qui m'ont offensé ?

Éternité ! ô mot d'incertitude et dont j'ai tant besoin pour supporter ma souffrance.

Éternité ! mot vide de sens dans les oreilles impies, es-tu une réalité ou un mot banal jeté au hasard au malheureux qui souffre? une aumône faite au mendiant qui prie, ou une promesse d'amour dans la bouche d'une femme?

Éternité ! — mot d'espérance qui dessine un rayon d'espoir en mon âme affligée! est-il possible que mon âme, souffle indéfini séparé de mon corps, que mon âme, partie immortelle séparée de ses organes, puisse jouir, sans le secours de leurs facultés, d'un bonheur sublime que notre imagination invente encore, et qu'elle mène dans ce mot: Éternité.

Est-il vrai que la mort nous mène à une autre vie, à un moment suprême, où, pour l'homme, le doute cesse, la vérité apparaît tout entière, et où la Divinité se révèle à sa créature ?

Est-il vrai que le principe de notre vie soit immortel? que l'âme survive au corps, ou bien que la mort nous conduise à un trépas matériel, compréhensible, où le corps et le sang, perdus ensemble dans la terre pour toujours, retrouvent un néant où tout s'éclipse avec le temps dans la poussière cadavéreuse d'un lieu plus tard oublié et inconnu.

. O pensées mystérieuses, je vous respecte ! Malheureux que je suis ! semblable à un homme qui se noie, je me cramponne à tout pour pouvoir me sauver ou savoir mourir.

Oui ! mon Dieu, que j'ai besoin de consolations, d'espérances, d'illusions même, pour vivre sur cette terre où tu m'as placé !

J'espère toujours dans le lendemain, et le lendemain m'apporte une espérance de moins et une torture de plus.

Alors, affligé que je suis, je me sens un besoin de me plaindre, un besoin d'épancher mon cœur.

Je cherche autour de moi une âme sincère pour verser mon chagrin, et je n'en trouve pas.

Le rire moqueur erre sur toutes les lèvres ; le sarcasme et l'ironie sont peints sur tous les traits. On me traite d'exalté, de fou, d'imbécile ; pourquoi ? Parce que j'ai une âme aimante, fidèle, reconnaissante, qui ne peut comprendre l'ingratitude et l'abandon ; une âme sans orgueil qui veut voler vers celles qui la fuient pour leur dire qu'elle les aimera toujours, malgré leur inconstance et leur oubli.

Voilà le sujet pardonnable de ma folie.

Mon âme isolée, sans soutien, sans appui, semblable au lierre, a besoin de s'attacher pour être forte.

Sans mère, sans sœur, sans personne au monde, elle a cherché un refuge dans l'amour et dans l'amitié, qui l'ont trahie et l'ont trompée.

O mon Dieu ! si telle est ta volonté, pourquoi ne m'avoir donné une âme insouciante et légère, un cœur de fer, puisque je devais vivre sans affections, puisque tu m'as tout ravi, tout, jusqu'à ma mère?

Oh ! pourquoi n'avoir pas laissé un soutien au roseau qui ploie, ou pourquoi m'avoir créé comme lui sans pouvoir rompre?

En vain ma tête, baissée vers la terre comme une fleur sur sa tige flétrie, cherche-t-elle le tombeau qui sans doute l'attend : elle ne le trouve pas.

De toutes parts ses yeux sont bornés par la poussière d'une terre déserte de vertus, et par les eaux, miroir qui réfléchit ton ciel, ma dernière espérance, la dernière espérance, la dernière planche de salut qui berce mon agonie terrestre et désespérée.

SIXIÈME NUIT.

La Souffrance.

Vous m'abandonnez donc, Seigneur, parce que je suis seul et sans soutien? Vous m'avez ravi mon père, ma mère, mon amante, mes plus chères espérances, et vous m'avez laissé courbé sous le poids de mon affliction.

Vous avez été de fer pour moi parce que je vous ai oublié dans mes jours de bonheur et que j'ai compté sans vous.

Votre main puissante s'est appesantie sur moi, et elle m'a écrasé comme un être inutile, me laissant la pensée et le souvenir pour souffrir jusqu'au tombeau.

Vous avez empoisonné toutes mes joies, et j'ai senti tout le poids de votre colère qui a brisé mon cœur.

Vous avez été sourd à ma voix, à toutes mes supplications, et vous m'avez dit : Le temps de la miséricorde est passé.

En vain j'ai baigné vos autels de mes larmes sincères ; j'ai tourné vers vous mes ardentes prières ; le silence de la nuit m'a seul répondu.

Votre clémence pour moi a été froide comme la pierre sur laquelle j'étais agenouillé, et ma voix s'est perdue dans ton temple comme mes larmes sous la pierre.

Les soupirs sortis de ma poitrine n'ont pas été jusqu'à toi, et cependant l'écho de ta voûte sacrée les a entendus.

En vain la croix de ton Fils m'a promis grâce ; en vain s'est-elle rougie de son sang pour t'apaiser ; tu l'as regardée sans la comprendre, et moi je l'ai essuyée.

De même j'ai voulu t'offrir mon corps en sacrifice, descendre dans la tombe sans secours homicide, tu m'as dit : Tu n'as pas encore assez souffert.

Le hâle de la douleur et du désespoir m'a desséché comme une fleur coupée sur sa racine, et tu m'as regardé sans pitié.

Et aujourd'hui encore que je t'implore dans mon isolement, tu restes sourd à mes gémissements.

Comme l'animal blessé poursuivi par le chasseur, je n'ose regarder derrière moi ni lever les yeux; et si du fond de ma retraite, avant de mourir, j'entr'ouvre encore les yeux, ce sera pour te prier.

Je comprends que je dois souffrir. J'ai compris que je devais être seul, malheureux, isolé, rebuté, avili et sans soutien. J'ai compris tout cela.

Mais je ne savais pas que tu m'avais défendu d'aimer; je ne savais pas que tout ce qui devait approcher de moi devait se faner, se flétrir et mourir après m'avoir touché.

O malheureuse vérité! je n'avais pas compris que personne ne devait relever la fleur brisée par ta volonté et soufflée dans le monde par la rafale de la mort.

O existence bizarre! volonté suprême! je courbe ma tête humiliée, et, vaincu sous le poids de ta colère divine, je me dépouille de mon orgueil et de mes mauvaises passions, et je sens que ma conscience me reste.

Mon chagrin n'est pas le remords d'une mauvaise action ; et si mon cœur bat vite sous son enveloppe mortelle, c'est du bonheur de souffrir innocent et de pouvoir pardonner généreusement à celles qui l'ont possédé sans le comprendre et qui s'étonnent aujourd'hui de la douleur qu'il éprouve de les avoir perdues.

Oh ! oui, vous que j'aimais tant, si vous pouviez lire dans mon cœur la souffrance à laquelle votre ingratitude me livre ; si vous pouviez voir mon cœur brisé, déchiré par vous, qui veut ressaisir ses forces pour vous donner en partant sa dernière bénédiction !

Si vous saviez combien il vous aime encore, lui que vous délaissez ! Non, rien ne pourra altérer son affection ; il est reconnaissant des beaux jours que vous lui avez donnés, et il en garde un souvenir fidèle.

Sa seule consolation encore aujourd'hui, son seul bien est de penser à vous dans son isolement et de faire des vœux pour votre bonheur.

Oui, ce cœur que vous avez brisé ne peut vous haïr. Le pardon caresse sans cesse son âme, qui peut voler vers vous pour vous dire qu'elle a tout oublié, —hors le bien qu'elle a reçu de vous.

Elle, noble, aimante et généreuse, mettrait encore de la gloire à vous pardonner ; et confondue avec vous, humiliée, pour ainsi dire, elle s'avouerait coupable, si, par ce moyen, elle pouvait diminuer vos torts et la peine que vous lui avez faite.

Oh! oui, vous infidèles, revenez. Dites-moi que vous m'aimez encore un peu, qu'un égarement passager a trompé votre âme ; apportez-moi un seul mot de repentir, et mon âme, jadis si orgueilleuse parce qu'elle peut vous flétrir et vous briser, aujourd'hu dépouillée de ses mauvaises passions, humble par charité, bonne par amour, se trouvera heureuse de la moindre de vos paroles, si c'est le repentir qui la lui apporte et votre cœur qui la produit.

O bienheureuse chimère! devenez une réalité, continuez de bercer mon âme, laissez-la sous l'impression de ces idées radieuses qui soulagent ma blessure sans la guérir, car je leur pardonne! Mais dois-je les revoir jamais?

Je dois souffrir, et toute l'éternité!

SEPTIÈME NUIT.

Le Bien et le Mal.

Mon ami, c'est mon cœur ; mon cœur, c'est ma vie ; ma vie, c'est elle.

Elle que j'aime, et que le monde et Dieu me refusent, parce qu'un mot la sépare de moi, et que moi la tombe de justice me sépare d'elle.

Oh ! pourquoi mes tortures ? pourquoi la justice, la vérité et la vertu, si tout ce mélange ne doit servir qu'à me rendre malheureux ? si tout ce mélange de sublime ne forme pas une espérance , et si plus tard l'espérance ne forme pas une réalité ?

2.

La vie n'est-elle pas ce qu'on la fait? Est-ce avec l'espérance sans actions, une vertu muette d'énergie qu'on obtient des résultats? Est-ce avec une confiance aveugle dans la justice des choses que l'homme doit attendre ici-bas le bonheur que sa conscience mérite?

Je balance véritablement pour répondre. Si je ne vois que le présent, si je n'écoute que le premier sentiment de mon naturel, je sens toutes ses passions dominantes et orgueilleusement blessées qui veulent rendre mépris pour mépris, injure pour injure, et combiner ensemble des machinations pour se venger.

Si j'ai la force de les dominer un moment, que la réflexion ait le temps d'arriver à mon secours, je comprends que le bien est le seul moyen d'arriver au bien.

Le chemin est plus long, plus obscur, plus difficile, c'est presque une bataille perdue qu'on regagne le lendemain ; mais si les résultats en sont éloignés, ils sont décisifs, honorables et de durée.

C'est positivement parce que l'on a fléchi sous la combinaison du mal que le triomphe est plus glorieux et plus complet.

En n'écoutant que les passions, en faisant jouer les ressorts de leurs intrigues, on marche à pas de géant dans une route large et facile ; mais qui aboutit quelquefois au déshonneur et à la lâcheté.

On obtient des résultats plus prompts qui frappent le monde et caressent l'orgueil ; mais ce n'est qu'une chaîne dorée que le jour et le temps finissent toujours par noircir.

On n'est pas traîné dans la poussière comme la vertu résignée par des passions semblables ou plus fortes que les siennes ; on marche fier et luisant à l'éclat du soleil qui brille pour tous, mais ce n'est qu'un triomphe physique, une jouissance passagère qui laisse souvent le regret au fond de l'âme, quand on en possède encore.

Si la réflexion donc nous arrive ; si, laissant de côté devoir, vertu, tout ce qui peut servir à gagner le ciel, nous ne consultons que notre intérêt matériel et présent, cette jouissance humaine et terrestre dont chaque être a besoin de s'assouvir ; si notre réflexion donne à notre raison le temps de peser nos actions dans l'avenir ; eh bien, notre cœur, non pas notre cœur, je ne veux parler ici que de notre intérêt, qui nous conseillera encore le bien ; car, je le répète, le bien doit aboutir au bien.

C'est une ligne immense ployée, mêlée, pour ainsi

dire, qui fléchit sans jamais rompre ; et qui, malgré ses intersections, a un point d'arrivée semblable à celui de son départ.

Je conviens que quelquefois, souvent même, le bien nous est contraire pour le moment : et c'est ce qui détermine l'homme au mal, lui qui ne veut voir que l'intérêt du présent, et toujours le présent.

Cependant ce n'est pas une raison pour l'abandonner ; s'il était si facile à faire, il n'y aurait aucun mérite à le pratiquer.

L'essentiel est qu'il a un but beau et sublime, qu'il donne une récompense certaine : c'est Dieu qui l'a fait.

Sans cela, si le bien n'avait aucun but, pourquoi le pratiquer, pourquoi souffrir, toujours souffrir ? Il vaudrait mieux tuer ses ennemis et se tuer après.

En effet, admettons que chaque être ait la conviction de la futilité du bien, la conviction qu'il ne serve qu'à nous rendre malheureux et à donner plus de prise à l'envie; alors, que deviendrait la société ?

En défiance de chacun, rendant mal pour mal, on chercherait à tuer son adversaire pour prévenir ses coups.

La vie ne serait qu'un tissu de crimes d'où sortiraient le désespoir et la mort à chaque pas.

Le râle des mourants et la rage des passions remplaceraient l'harmonie des lois sorties du bien et de sa justice.

Enfin une boucherie effroyable régnerait sur toute la terre ; cela ne peut et ne doit pas être.

Ainsi donc, je conclus que matériellement parlant il est encore de notre intérêt de faire le bien, toujours le bien.

Voilà pour le monde qui veut ravir les dernières espérances au malheureux qui souffre.

Voilà pour le cynisme et les passions sans pudeur qui abreuvent de sarcasmes et d'ironie la vertu malheureuse, et qui ne conçoivent le bonheur que dans l'espoir de la vengeance.

Enfin voilà pour vous qui vous riez de mes douleurs, qui me traitez de fou et d'imbécile, parce que je ne puis mourir sans me plaindre, et que sans doute mes plaintes vous ont frappé au cœur.

Maintenant, si nous admettons l'éternité, l'espérance d'un ciel, d'un bonheur céleste dans une autre vie, que ne devons-nous pas faire et souffrir pour le mériter ?

C'est alors que véritablement celui qui peut avoir la foi trouve du bonheur à souffrir et à faire le bien.

Il ne ressent pas l'injure qui, dans sa pensée, lui rend service.

C'est un malade qu'un médecin opère ; il supporte avec courage les coups de bistouri qui partagent ses chairs, il sourit au milieu de ses tortures, parce qu'il entrevoit la guérison.

Mais celui qui doute n'est pas aussi heureux ; il éprouve plus de peine à faire le bien : tantôt il le fait pour Dieu, ensuite il le fait pour lui.

Son doute lui donne bien un peu de consolation, parce qu'il conserve l'espérance de la réalité ; mais aussi, chaque déception lui livre un combat, et s'il en sort victorieux, il s'en trouve toujours meurtri.

Voilà peut-être la position où mon âme se trouve ; c'est une partie neutre placée entre deux armées guerrières qui se menacent.

Elle vole d'un parti à l'autre comme un frêle oiseau pour observer leur force, leur faiblesse, et se ranger du côté du plus fort.

Quelquefois vaincue, plus souvent plus forte, elle renaît de ses souffrances et de ses misères plus résolue que jamais, lorsqu'une nouvelle blessure vient encore l'atteindre et lui faire douter de tout, — même de Dieu.

Je lui en demande pardon ; car l'erreur est courte, mes espérances renaissent, et mon courage se renouvelle.

J'entrevois la forte vérité au milieu du désordre des combattants, et elle m'apparaît sur tous les points. La cuirasse luisante des noires passions, le casque étincelant du vice superbe, tombent et volent en éclats, abattus de tous côtés sous le poids de son glaive vertueux.

Et alors, le cœur aux idées farouches, les yeux aux orbites caverneuses m'apparaissent tachés du sang que la colère furieuse et la sombre envie leur a fait monter au visage.

C'est la rage du désespoir qui les anime ; découverts, ils frappent sans but ; le sang qui coule de leurs larges blessures n'arrête pas leur courage sauvage qui seul les soutient. Ils reculent en blasphémant ; s'ils triomphent, ils blasphèment encore.

Voilà bien sans doute le plus vilain côté ; et le mal étant réprouvé de la justice des hommes aussi bien que de celle de Dieu, il ne devait exister aucun doute chez l'homme, aucune hésitation ne devrait le tenir dans ce balancement continuel du bien et du mal, d'autant plus qu'en tout il agit sciemment, et guidé par son esprit, qu'il a la faculté de diriger au désir de son cœur.

Mais ce qui l'arrête sans cesse, ce qui l'empêche de triompher de lui-même, c'est son amour-propre qu'il ne veut pas sacrifier, sa colère qu'il faut rompre : c'est ce présent dont il veut jouir.

C'est-à-dire que l'homme sait que s'il ne fait pas une action profitable pour lui parce qu'elle est contraire au bien, un autre la fera ; et qu'en cela le mal existera toujours, avec cette seule différence, que le profit ne sera pas pour lui.

C'est qu'il sait qu'il faut qu'il donne sans espérer recevoir; que s'il fait le bien, il ne doit pas compter sur la reconnaissance.

C'est qu'enfin il sait, par pratique, qu'on abuse de la bonté, qu'on trompe la franchise et qu'on se moque d'une véritable vertu.

Je conviens qu'il pourra avoir pour lui sa satisfaction personnelle, sa conscience; mais souvent ce n'est pas assez, le présent seul est certain. L'avenir et l'éternité sont des mots que tout le monde ne comprend pas.

HUITIÈME NUIT.

L'Espérance.

Espérance, doux rêve qui berces mon avenir, qui charmes ma mélancolie. Oh ! oui, si la mort n'atteint pas ma jeune âme épuisée, peut-être un jour serai-je heureux.

Être heureux !

Oh ! alors, laisse-moi vivre encore ; ma faible poitrine, ne chasse pas mon âme qui te déchire, elle veut rester en toi, elle veut vivre, elle veut aimer.

Laisse-moi vivre encore.

Grâce, grâce ! quelque jour de vie pour la revoir, un instant de bonheur pour savoir mourir.

Un instant de bonheur, grâce ; tiens : voilà le jour qui décline, déjà l'horizon a quitté son rouge éclatant, et son pourpre céleste va en s'effaçant dans l'azur foncé de la nuit.

Grâce ! comme un soleil éclairant un beau jour, et qu'un nuage vient cacher, je veux briller.

Je veux étaler mes deux ailes au feu de ses rayons dorés pour jouir encore un instant de la vie, la voir, et puis mourir.

Oui, quand le roc superbe détaché par l'orage du voisinage des cieux aura roulé d'un élan rapide dans l'avalanche de mes jours, quand sa crête aérienne aura découvert son front blanchi au soleil d'été ; oui, peut-être serai-je heureux.

Heureux ! Oh ! alors de la souffrance maintenant, qu'un océan de tortures me couvre, mais que je la voie, que je la voie heureuse, que de sa bouche s'échappe une parole d'amour, et puis après que la mort me frappe.

Que je meure de la mort affreuse, que le tourbillon de l'envie m'emporte, mais que je meure priant à ses genoux.

Que l'ombre de ma main passe sur sa tête comme un rayon de salut pour son âme, que mes lèvres décolorées lui envoient un dernier souffle d'amour, d'amour ! et de bénédictions.

O mon Dieu ! mais quel mal ai-je donc fait pour tant souffrir ? Quel crime horrible ai-je à expier pour mourir ? Ah ! oui, mon Dieu, pourquoi : pourquoi m'as-tu maudit ?

Moi, pauvre et sans défense, qui n'espérais qu'en toi ; pourquoi détourner de dessus ma tige flétrie ce rayon de ton soleil pur qui me faisait dresser la tête et rêver à la gloire d'être sorti de tes mains ?

Pourquoi m'avoir créé, moi, pauvre reste de cire molle, rebut de la création, qui, sans doute, s'est échappé de tes doigts avant d'avoir reçu la bénédiction ?

Pourquoi m'as-tu donné un cœur, si tu voulais que je fusse sans affection ? pourquoi enfin m'as-tu donné une âme, si je devais exister sans sentiments, sans passé et sans avenir ?

Oui, mon Dieu ! pourquoi me laisser livré à moi-même, sans soutien, sans appui ? Oh ! si tu savais que ma liberté m'est odieuse ! Libre, je peux porter mes pas en tout sens, et elle ne m'appelle pas !... Tout le monde me fuit.

Tu vois bien que ma liberté tient de l'esclavage ; dans ma douleur je suis scellé à ma place où tu m'as jeté, et brisé par ma chute, je ne te demande qu'à mourir.

Oh ! donne-moi du courage , je n'en ai plus ; tous mes désirs, toutes mes pensées en moi sont confondues ; mon corps inerte n'éprouve, ne sent plus rien, son cœur l'a abandonné. Masse informe, il a perdu toutes ses facultés, et cependant il souffre, il vit toujours, il veut et ne veut pas mourir.

C'est que souffrir c'est vivre, c'est que vivre c'est aimer, c'est qu'aimer est espoir, c'est qu'espoir c'est elle ; c'est qu'elle c'est vie, c'est bonheur, c'est salut, c'est tout pour moi.

O mon Dieu ! mon Dieu, vois ma faiblesse, ma souffrance, mon isolement, aie pitié de ta créature.

Regarde ton ouvrage à moitié détruit qui vient rouler à tes pieds, pour rechercher sa première forme.

Regarde ton enfant couvert de lambeaux, surchargé de misère, couvert de blessures saignantes, qui revient à toi chercher le baume céleste dans le pardon de ta miséricorde.

Oui, aie pitié de moi ; c'est paré de mes souffrances que j'espère trouver grâce devant toi ; c'est la parole de ton Fils à la bouche que je viens frapper à la porte de ton sanctuaire, car il a été dit : Heureux ceux qui souffrent avec résignation, parce qu'ils verront Dieu.

NEUVIÈME NUIT.

—

Vertu.

La vertu, ce mot dont tout le monde s'empare pour se mettre à l'abri de ses défauts, qui résonne à toutes les oreilles, et dont le vice et l'hypocrisie se couvrent pour mieux frapper et saisir leur proie.

Je sens que je le comprends dans son ensemble sans bien pouvoir le définir, de même que je sens que le bien est bien, que le mal est mal. La vertu à mon sens est l'assemblage des qualités évangéliques, l'assemblage et la pratique du bon, du juste, du doux, du simple, du pur et du sublime, réunis dans une seule âme qui la compose, et les fait agir de concert ou séparément à l'emploi du bien.

Aussi, ce mot (vertu), qui à lui seul comprend tout le bien réuni, est-il sans cesse dans la bouche du monde; c'est un mot qui dore la parole, mais qui vient rarement du cœur.

C'est un bouclier impénétrable, derrière lequel se réfugient souvent le mensonge coloré, les passions mauvaises et le vice infâme.

Aussi, ce mot, qui devrait être si doux pour moi, à présent m'épouvante; si l'on me parle de vertu, je doute; si je la vois, je n'y crois plus.

Abusé que je suis, comme un oiseau blessé qui a laissé une partie de son plumage dans le filet du chasseur, les joyeux appeaux du monde et son tourbillon de folie ne me tentent plus; ce tourbillon, c'est la poussière de vertu qui cache la déception, qui brise et tue le cœur.

Elles aussi, elles étaient belles, elles étaient bonnes, mais c'étaient des filles d'Ève après la leçon du serpent. C'étaient les merveilles de la création, mais le souffle divin n'avait fait qu'y passer.

Hélas! leur vertu n'était donc qu'un mot? la chercherai-je encore en vain, comme le bonheur qui n'existe que dans l'illusion?

La chercherai-je encore pour me tromper? Me

tromper! non, car maintenant je sais que tout fleurit, tout passe; que la femme use de tout.

La vertu pour elle est une qualité dont elle se sert par circonstance pour attirer la simplicité innocente qui la voit pour la première fois.

Elle la pratique et surtout en parle beaucoup, parce qu'elle sait que c'est elle, que c'est cette vertu que l'homme recherche au milieu de ses attraits.

Aussi, si la vertu est belle et bien placée partout, chez la femme elle devient sublime quand elle y existe réellement, en ce qu'elle a à lutter contre un caractère léger et inconséquent.

Le caractère de la femme est en général rempli de faiblesse d'esprit; je dis rempli de faiblesse d'esprit, parce que j'aurais trop de douleur à la croire hypocrite.

Quand elle fait mal, je veux croire que c'est par l'entraînement irrésistible de sa nature douce, bonne, et des circonstances.

Je veux croire que c'est les joues sillonnées de larmes, le sein gonflé de soupirs, qu'elle succombe sous les efforts de l'homme qu'elle aime pour le moment.

Quand elle revient à elle-même, qu'elle fait bien, je veux croire qu'elle ne fait que suivre l'impulsion de sa conscience et qu'elle a toujours l'intention de l'écouter.

Je croirai encore qu'imbues du fanatisme religieux, certaines femmes voient en lui une ressource de clémence infinie qui les arrête sans les effrayer.

Les occasions sont tout pour ces femmes ; elles passent aisément des pleurs à la joie, selon les circonstances, et après avoir fait une faute, elles ont la conviction d'en être réellement dégagées après l'avoir avouée à un ministre évangélique qui leur en donne l'absolution avec plus ou moins de remontrances.

Alors viennent, je pense, des larmes de repentir véritable, de contrition, je dirai même parfaite; puis après, faiblesse d'esprit, fléchissement de la nature, passion impérieuse; après avoir été à Dieu, ces femmes en trouvent l'oubli dans les bras d'un autre homme qu'elles aiment encore d'un amour passager.

Alors, autre faute, autre repentir, combat continuel du vice et de la vertu; chose qui m'a tué, parce que moi je ne puis concevoir des affections passagères et partagées.

Non! je ne veux pas croire la femme hypocrite. Je veux trouver à allier l'infidélité à la dévotion, par ce combat continuel du bien et du mal qui résident en nous.

Je ne veux pas croire à la possibilité de l'hypocrisie dans une âme parce qu'elle est faible et légère, parce qu'elle est inconséquente et passionnée.

Non ! je ne veux pas croire à l'hypocrisie infernale des âmes vicieuses et corrompues, qui sous le manteau de la religion se servent de machinations perfides pour perdre ceux qui s'étaient laissé prendre aux faux semblants de leur vertu, et qu'après la jouissance du goût passager elles voudraient précipiter dans l'oubli éternel pour sauver les apparences.

Parce que la vertu, toujours la vertu, ou, pour mieux dire, son masque, est le point de leur satisfaction personnelle.

Qu'elles puissent lever le front, voilà tout leur désir.

L'homme est un joujou qu'elles veulent briser, il ne doit servir qu'une fois.

En disant ici ma pensée, je trouverais du bonheur à m'égarer, à me trouver coupable ; car tout mon malheur consiste à être obligé de mépriser par devoir celles que mon cœur ne peut haïr et voudrait posséder encore pour faire à leurs pieds une rétractation solennelle, si j'avais le bonheur de m'être trompé.

Mais illusion ! elles qui étaient tout pour moi, espoir, bonheur, existence, salut ; elles qui remplaçaient mon père, ma mère, elles n'ont pas compris leur noble tâche, elles m'ont trompé.

Je les aimais encore.

Mais le monde impitoyable me les a arrachées avec fureur, il les a frappées de ses paroles accablantes, parce qu'un mot nous séparait.

Sa langue venimeuse, comme un poignard affilé, a glissé dans nos chairs : il a parlé morale, il a parlé vertu ! comme si la vertu consistait à déchirer l'amitié, à éloigner, à détruire la sympathie qui rapproche deux cœurs sortis de la main de Dieu pour s'aimer.

Pourtant le monde doit savoir que le plus grand bienfait de la création est l'union des cœurs.

Dieu ne nous a-t-il pas créés pour vivre deux ensemble, pour marcher l'un sur l'autre appuyés, pour supporter et passer ensemble nos jours semés de tristesse et de fêtes, de joies et de déceptions?

N'a-t-il pas placé dans nos cœurs un sentiment électrique qui attire l'un vers l'autre les sentiments de même nature quand ils se rencontrent?

Alors, monde peu généreux, pourquoi rompre l'œuvre du Tout-Puissant?

Pourquoi mentir à votre âme? ne vient-elle pas, elle aussi, de la divinité?

Vous avez donc bien besoin du malheur des autres pour exister.

La nonchalance de vos jours a donc bien besoin de paroles et de sensations pour combler leur vide et remplir leurs instants?

Allez! votre souffle est empoisonné; il flétrit, il corrompt tout ce qu'il atteint, il enfante le désespoir et donne la mort.

DIXIÈME NUIT.

Souvenirs.

Il est nuit : je sens la tristesse qui s'empare de mon âme. Pourquoi, mon âme, es-tu triste ? Crois et espère en Dieu.

Le froid de la tombe n'ira pas jusqu'à toi ; tu n'iras pas encore troubler le silence des mausolées, où dorment là-bas tes parents chéris.

Là-haut ils ont prié pour toi, et le Seigneur a dit : Il vivra.

Du courage donc ! pourquoi cette tête baissée sur ta poitrine ? pourquoi ces regards vers la terre ? n'espères-tu pas aller aux cieux ?

Vois l'étoile qui brille sous la voûte sacrée ; vois la

nuit douce et tranquille dans son surplis argenté par la lune au teint pâle qui sort d'un nuage épais, comme l'enfant joyeux du berceau qui balance, et où il a passé la nuit.

Pourquoi es-tu triste?

Demain le jour viendra. L'horizon enflammé réveillera la terre ; le soleil brillera pour toi ; ses rayons bienfaisants viendront percer ton cœur pour y mettre la vie.

Dis : pourquoi es-tu triste?

Tu verras la fleur humide par la rosée du matin s'épanouir belle et radieuse à la chaleur de ses rayons.

Tu verras l'herbe fraîche et fleurie incliner doucement sa tête sous le zéphyr léger, précurseur d'un beau jour.

Tu verras la tourterelle au collier d'ivoire sauter de branche en branche, roucouler un langage d'amour, et étaler la coupe de ses ailes gracieuses aux rayons dorés du soleil levant.

Dis : pourquoi es-tu triste?

La nature entière s'épanouira pour toi, tu te joueras dans son sein embaumé par les fleurs, comme le repli gracieux sur la surface des eaux.

Elle te prodiguera tous ses trésors, comme une

mère prodigue ses soins et ses caresses à son fils unique échappé du naufrage.

Tu t'enivreras de bonheur ; tu vivras de délices ; le plaisir naîtra sous tes pas comme la feuille verte et tendre sous l'impression du printemps.

Mais pourquoi es-tu triste ?

Le monde viendra à toi. Il te donnera des richesses ; il t'offrira ses palais dorés, ses plaisirs, ses folies ; il te donnera des bijoux pour te parer, des pierres précieuses pour orner ta tête ; tu luiras comme le soleil qui se réfléchira sur toi.

Mais dis-moi donc, pourquoi es-tu triste ?...

Je suis triste parce qu'avec *elle* j'avais tout cela ; sans *elle*, je ne veux rien. Le monde, je n'en veux plus ; les beautés de la nature, je les hais, elles insul—tent à mon désespoir ; à moi, il faut des ténèbres pour exister.

Oui, des ténèbres, parce que la lumière me fait voir mon sang qui coule, et le monde qui s'en réjouit.

Point de lumière, parce que ce bienfait pour les autres produit sur moi un effet contraire. Les bocages fleuris, les marronniers épais, l'ombrage délicieux, les portiques divins, la voûte céleste, les places larges et spacieuses, les eaux pures et jaillissantes, les terrasses aériennes, les avenues, le pavé même, oui! tout cela ne m'offre que des images et des souvenirs déchirants.

Parce qu'en ces endroits, ici j'ai reçu une promesse d'amour ; là j'ai foulé le sol avec les ingrates ; là j'ai cru au bonheur ; là enfin elles m'ont parlé le langage des anges ; et il me semble que leur souffle divin doit y être resté pour me parler encore.

Malheureux que je suis, je veux fuir ces lieux qui m'attristent; je m'éloigne... et cependant j'y retourne encore.

Oh! abandon! mot incompréhensible pour moi, source de toutes mes tortures! en vain tu chercheras à m'étreindre, à me pénétrer.

Si d'autres ont pu prêter l'oreille à ton langage ingrat, moi je n'écouterai jamais qu'une voix, une seule voix : celle de l'amour fidèle qui ne sait pas oublier. Tu pourras torturer, briser mon âme, mais tu ne la posséderas jamais.

Le sourire amer qui passera sur ma lèvre fera toujours soupçonner d'autres blessures que celles que je montre au jour; torture morale plus terrible et plus poignante, fruit des vertus si hautement vantées; fruit de l'amour et l'amitié qui, dans leur égoïsme se sont un moment amusés de moi, pour me délaisser ensuite, au milieu du vide où mon amitié pour elles m'avait entraîné.

Elles mon délaissé seul, sans personne au monde, car je n'ai pas à mes côtés une mère, une sœur, ces deux êtres sublimes que Dieu dans sa miséricorde laisse encore quelquefois à ceux que sa justice châtie.

Orphelin abandonné, mes premiers pas dans le monde ont été une chute ; les deux anges qui m'avaient pris la main ne pouvaient rester avec un mortel. Le sublime séjour ne donne pas ses esprits célestes.

Ils sont venus me dire : La vie est un poison ! Je ne les ai pas crus, ils étaient à côté de moi.

Mais les infidèles ! ils m'ont abandonné. Alors, la flèche rapide du chagrin m'a blessé d'un coup mortel et je dois mourir.

Mourir ! mon Dieu ! à vingt-cinq ans ! à l'âge où tout fleurit autour de soi ! C'est bien jeune ! mais que ta volonté soit faite ; que ma tombe s'ouvre, que l'oubli la referme, que tout soit fini.

Éternité.

ONZIÈME NUIT.

La Femme.

Femme ! prodige de la création, chef-d'œuvre du Tout-Puissant, je veux tâcher d'être juste envers toi.

Pour calmer ma souffrance, je veux te peindre pure sortant de mains du Créateur.

Je veux te voir belle comme un beau jour, radieuse d'innocence et de vertu, comme tu l'étais sans doute avant que le souffle de l'enfer fût parvenu jusqu'à toi.

Au commencement était Dieu. Lorsque la terre, les mers, l'univers entier sortirent du néant à la voix de sa volonté suprême,

Alors toutes les surfaces isolées d'existence étaient couvertes des richesses du Tout-Puissant, de trésors vierges, et seul l'éclat pur du soleil les vivifiait, répétant ses rayons de feu dans le cristal des eaux.

Et Dieu, ravi de son ouvrage, dans sa sainte sagesse, voulut créer un être pour lui donner tout cela.

Sa pensée apporta l'ouvrage à ses pieds, son souffle lui donna la vie.

Un homme existait.

Sorti de l'esprit de Dieu, il lui ressemblait, car le Tout-Puissant avait voulu créer un être digne de jouir et de comprendre le miracle de la création.

Il existait donc à l'image de Dieu.

Étonné, ravi, ébloui, il frotta ses paupières, puis sa première pensée fut la reconnaissance, car le Seigneur avait mis des vertus en lui.

Il parla un langage divin (sans doute de remercîments), et le Très-Haut sourit.

Il préparait encore un autre bienfait à sa créature.

Il le plaça, nous dit la Genèse, dans le paradis terrestre.

C'était un lieu saint, un lieu sacré, séjour de délices. Là jamais les froids hivers n'apportaient la glace et le ciel brumeux qui attristent l'œil et refroidissent le cœur. Jamais les chaleurs excessives de l'été ne venaient brûler la végétation de ce lieu toujours fleuri. Les arbres, toujours verts sous l'influence de la douce harmonie d'un printemps perpétuel, ne se dépouillaient jamais du feuillage qui donne l'ombrage et le frais délicieux. Enfin ce lieu, méconnaissant l'égoïsme, donnait tout, sans jamais rien recevoir. Le soc aigu de la charrue n'avait pas besoin de déchirer ses chairs pour donner la vie; la vie était en lui, son air était une nourriture divine qui vivifiait le corps de l'homme, qui n'était sujet à aucune souffrance et à aucune incommodité.

L'homme était donc en ce lieu.

Et Dieu vit qu'après s'être réjoui, il était triste, il promenait ses regards presque indifférents sur l'océan de l'horizon, puis les ramenait avec amertume autour de lui, comme s'il eût cherché quelque chose dont il éprouverait le besoin; il se réjouissait, mais sa joie était muette.

Il parlait, mais seul.

Et personne ne lui répondait.

Alors Dieu dans sa justice comprit qu'il avait besoin de partager ses sensations, d'épancher les joies de son cœur.

Il lui envoya le sommeil profond.

Car je suppose qu'en cet endroit tout était lumière et que l'homme ne travaillant, ne souffrant jamais, la nuit n'existait pas.

Donc il l'endormit, et le matériel de l'homme n'exista plus.

Et Dieu, qui avait fait l'univers d'une seule volonté, pour faire une amie à l'homme réfléchit.

Son acte devait donc être bien grand ! C'est qu'après avoir fait le chef-d'œuvre de l'immensité, il voulut en faire la merveille, en faire un que l'homme puisse embrasser d'un seul coup d'œil, et dont il puisse jouir de tous les prodiges à la fois.

Alors il créa la femme, en tira la substance corporelle de la composition d'Adam pour lui faire comprendre, qu'après lui, elle devait tout à l'homme, son maître, son protecteur et son appui.

Il mit en elle toutes les perfections et toutes les vertus ; il n'est pas jusqu'à la forme qu'il voulut modeler lui-même pour en faire naître l'admiration.

Il donna une forme élégante à sa taille, des coupes gracieuses à ses membres et des courbes célestes à son corps.

Il la prit, s'admira en elle, puis la mena à côté d'Adam.

Et l'homme en s'éveillant vit briller comme un rêve deux yeux tendres et purs, une bouche rosée qui souriait pour lui ; et son âme innocente lui jeta le nom d'Eve; dans la nuit de son cœur le soleil avait lui.

Ils se tendirent la main d'un sentiment électrique ; ils s'étaient à peine vus, point parlé, mais ils s'étaient compris.

Et Dieu avait bien pensé.

Les yeux alors, le cœur, étaient le miroir de la vérité, et le bonheur parfait régnait sur les deux êtres.

La maladie, le mensonge, le vice, inconnus chez eux, n'altéraient pas leurs traits unis; ils étaient beaux, ils étaient bons, c'était leur nature, et aucun combat ne s'élevait dans leur âme, le bien seul y existait.

Mais, Seigneur, pourquoi finir ici...

Ah! donnez-moi encore des qualités pour embellir la femme, car je vois le serpent aux replis agiles glisser sous la fleur, et courber sous son fil tortueux l'herbe fraîche et fleurie pour arriver jusqu'à elle.

Pourquoi, Seigneur, le laisser pénétrer dans ce lieu sacré? Vois! déjà l'herbe est brûlée sur son passage, les fleurs se flétrissent, l'air se corrompt, et les fruits tombent sans maturité.

Vois! il arrive, tous les maux son réunis dans son sein, et cependant sur sa figure brille le sourire joyeux; il a l'air bon, doux; il joue, il caresse; ah! serait-ce donc encore du bonheur?

Mais, Seigneur, pourquoi l'as-tu laissé pénétrer? Fuis, femme faible. Mais, non : innocente, ton cœur, ne peut comprendre le danger; tu ignores la substance des natures; tu ne peux voir l'hypocrisie sous le masque vertueux.

Tu t'arrêtes pour voir, tu écoutes pour entendre, tu obéis, tu trembles : mais pourquoi trembles-tu?... Tu succombes, tu te flétris, et tu entraînes l'homme dans ta chute.

Ainsi donc à présent tu connaîtras le bien et le mal, tu sauras que les qualités composent la vertu, que les défauts composent le vice; tu pourras agir sciemment, tromper ou ne pas tromper l'homme qui te suit dans ta retraite, et qui dans son amour pour toi te servira de protecteur, d'ami fidèle et de sincère appui.

Voilà la femme telle que nous la possédons aujourd'hui; loin de la mépriser, je veux voir encore en elle toutes les vertus de sa nature primitive quand elle fait bien, qu'elle fait agir ses attraits et ses charmes à l'emploi de la vertu.

Oui, je veux honorer celle qui aura su conserver sa nature primitive, celle qui aura de la vertu en réalité.

C'est-à-dire que pour la juger je veux tâcher de la voir telle qu'elle est, sans la fougue de la passion et sans l'enthousiasme de l'amour, sans lui prêter des vertus qu'elle n'aura pas ou qu'elle ne pourra pas avoir ayant déjà fléchi.

Je ne veux pas admirer en elle une vertu illusoire, une supposition de grandes qualités, parce qu'elle sera belle, qu'elle aura une taille élégante et un langage séduisant.

Non, je ne veux plus prodiguer mes hommages au pied d'un autel sans dieu, auprès d'une femme sans vertu.

Pour pouvoir aimer une femme réellement, il faut que d'abord elle soit digne de l'être : si tout est grand chez elle, si elle possède toutes les vertus, si elle est humble, chaste, noble, fidèle ; si elle comprend la source de sa nature et pourquoi elle a été créée, si elle aime Dieu d'un amour sincère, si elle remplit ses devoirs religieux avec ferveur et piété, si enfin elle est bonne avec tout le monde, sans être coquette de ses qualités, si elle les prodigue naturellement, sans en tirer d'orgueil. Oh ! alors celle-là doit-être bien aimée, aimée d'une affection tendre, d'une amitié vaste, d'un amour grand, sublime, digne d'elle.

Mais aussi, si nous désirons tant de vertus chez la

femme, il faut tâcher d'en mettre ou d'en trouver chez nous.

Nous qui avons la grandeur, la puissance, la primauté sur tout, il faut tâcher d'être fort avec raison, d'être puissant avec justice, de nous faire aimer et respecter sans contrainte par le penchant naturel qui existe dans chaque être et qui consiste à s'attacher à ce qui sait les gagner.

Respectons la femme, pour qu'elle nous respecte. Ayons des égards pour elle, pour qu'elle en ait pour nous. Ne prétendons pas toujours vouloir recevoir, sans jamais rien donner. Faisons-lui voir que si nous lui sommes supérieurs en force, nous le sommes aussi en vertu.

Ne comptons nos primautés pour rien, et mettons-nous à son niveau; montrons-lui que nous sommes forts par la raison, la justice et les qualités, plutôt que par le naturel de notre nature.

Car si nous agissons autrement, si nous nous posons en tyrans devant elle, si nous voulons être son maître plutôt que son ami, elle nous redoutera sans nous craindre, elle nous obéira sans nous aimer. (Et mal peut s'ensuivre.)

C'est que la femme est forte de sa faiblesse; c'est

qu'elle est forte de nos défauts; c'est qu'elle est puissante si nous nous rendons méprisables.

Dieu nous l'a donnée pour servir d'ornement à notre vie, pour embellir et consoler nos jours, pour nos intérêts domestiques; mais pour cela, n'en faisons pas un vil instrument d'utilité et de plaisir lubrique qui dégrade deux êtres : car l'un ne peut se souiller sans salir l'autre.

Respectons-nous en la respectant.

Qu'elle soit non-seulement notre femme, tâchons d'en faire aussi notre amie ; et si nous ne lui donnons aucun droit de se plaindre, grand sera en elle le vice si elle nous trompe, si elle s'éloigne de ses devoirs.

Une femme aime à se savoir aimée, aime les égards, les petits soins, les attentions délicates, et à moins qu'un homme lui répugne, elle rendra égards pour égards et finira toujours par l'aimer.

Ne faites pas de la femme une servante, une esclave; ne la laissez pas dans l'abandon. La femme est fière. Ses attraits méprisés, si *elle* est orgueilleuse, elle vous trompera; si *elle* est bonne, aimante, ou timide, ou vertueuse, elle pleurera; si elle est toutes les trois, *elle* pourra en mourir.

Je l'ai dit, la vie est ce qu'on la fait; la femme est de même. Sachons agir avec prévoyance; travaillons pour le bonheur de notre vie et non pas pour celui d'un instant; sachons lier l'avenir au malheureux présent qui nous occupe toujours, — et peut-être nous serons moins malheureux; car toujours le mal qui nous arrive est le résultat d'une mauvaise combinaison.

Sachons vivre pour le bonheur et l'intérêt de l'être auquel nous nous attachons; et s'il est juste, nous serons payés de retour; s'il ne l'est pas, si nous l'aimons, son bonheur sera le nôtre.

Peut-être que moi qui souffre aujourd'hui, si j'eusse agi plus sagement, si j'eusse réfléchi, si j'eusse toujours pratiqué la vertu et écouté la raison, je ne serais pas aussi malheureux.

Mais la vie est historique; la vertu incorruptible n'existe que dans les romans. Ici-bas tout est faiblesse, tout est misère : que le bien l'emporte sur le mal, je crois que Dieu ne nous en demande pas plus.

O toi! qui m'inspires d'aussi sérieuses et tristes réflexions; toi, qui passes sans cesse devant mes yeux comme l'éclair rapide dans la nue, je veux te pardonner!

Mon cœur bat toujours de bonheur et d'espoir en pensant à toi. Comme l'étoile polaire de l'Église qui contient le feu sacré, mon âme peut-être un jour servira à allumer les cierges de l'autel divin pour te voir, palpitante de repentir et d'amour à mes côtés, recevoir un titre sacré, ou à allumer les flambeaux lugubres à la flamme blafarde qui doit décorer deux cercueils.

Oh! non, c'est trop cruel, nous ne mourrons pas.

L'incendie de mon âme s'éteindra par degrés, comme le bouquet lumineux qui brille à l'enterrement d'une fête; puis elle vivra tranquillement dans ton souvenir en attendant le jour de la délivrance; mais elle n'ira pas éclairer deux tombeaux.

Nous vivrons; et l'Ange au front pur nous rassemblera un jour sous ses ailes, comme la poule rassemble ses poussins; il veillera sur nous; et pour récompense à moi il demandera de l'amour, à toi de la fidélité.

Oui, la religion nous recevra aussi dans son sein, pansera nos blessures, comme une mère tendre qui reçoit son enfant blessé, échappé d'une bataille perdue, et qu'elle avait cru tué.

Son amour maternel et céleste remplira tous nos besoins et comblera toutes nos infortunes. Et pour récompense, nous la bénirons, nous lui donnerons tout notre amour, toute notre affection, et elle se glorifiera en nous.

Mais non, tu fuis...

Tu fuis comme l'hirondelle, tu traverses les mers, tu vas chercher l'été sous le ciel brumeux de la Tamise. Mais, tiens, tu te trompes ; — regarde, il est ici. Déjà la tempête est passée et le soleil luit sur tous les monuments.

Oh ! si tu fuis comme l'hirondelle aux jours d'orage, reviens aussi avec elle au soleil du printemps ; reviens ranimer mon souffle qui s'éteint, s'évapore chaque jour par le chagrin de ton absence.

Oh ! oui, reviens ; je ne puis exister sans toi.

Oh ! que ne suis-je moi-même l'oiseau léger aux ailes rapides ! (*jusqu'à sa couleur serait propice à mon âme en deuil*), je volerais à la poursuite du bateau inhumain qui l'emporte comme la plume belle et légère échappée du col au cygne blanc, et qui vole dans les airs emportée par le vent.

Je volerais sur tes pas ; je raserais la surface de l'océan ; je tournoierais autour du bâtiment léger, sans repos, sans relâche ; je ne m'arrêterais qu'après t'avoir trouvée ; et j'irais tomber de lassitude et d'amour à tes pieds. — Et, bien sûr, tu aurais pitié de moi...

...... Si j'étais hirondelle.

Mais non, tu fuis ; ton souvenir seul me reste.

A Dieu l'avenir ; à moi la résignation.

DOUZIÈME NUIT.

***

Dieu et ma Mère.

Mon Dieu! mes larmes seront donc toujours perdues? Si je les cache, tu sais bien que ce n'est pas à toi; si je les répands, dans la nuit sombre, ou sous la voûte étoilée d'un lieu désert, toi, tu me vois. — Et pourtant tu m'oublies et tu m'abandonnes aussi.

Livré à moi-même, je n'ai plus pour espérance que la folie, et je sens déjà dans mon isolement ces égarements, avant-coureurs de son empire, qui s'emparent de moi.

Car à quoi suis-je lié ici-bas? A rien. Le vide, l'ennui, l'isolement m'entourent, et le reste me fuit. Je suis une machine inerte que l'on cache pendant le jour, dont on se sert pendant la nuit. Je suis l'enfant du malheur, le roseau qui ploie au vent, le rebut de la nature et la poussière sous le soulier.

Je suis seul, tout seul ; de toutes parts ma vue est bornée par la muraille, et la fenêtre qui me découvre un ciel désert d'étoiles, où je cherche en vain une dernière ressource, une dernière espérance, pour mon âme épuisée de douleur.

Oui, tout, tout me manque en ce moment, même l'illusion qui caresse le cœur et le rêve qui colore l'imagination.

O mon Dieu ! si ta créature doit encore longtemps souffrir, si ta colère de justice n'est pas encore satisfaite, renouvelle mon courage pour que je puisse endurer mes nouvelles tortures et bénir ton saint nom au milieu du supplice éternel auquel un amour insensé a livré mon âme pour toujours.

Et vous, ma mère ! ma mère ! — pourquoi m'avez-vous mis au monde ? — pourquoi m'avez-vous entouré de vos soins tendres et maternels ? — pourquoi m'avez-vous bercé dans vos bras sacrés et endormi sur votre sein ? — pourquoi m'avez-vous, calme et heureuse, fait grandir sous le feu de vos baisers ? — pourquoi vous êtes-vous tant inquiétée de la conservation d'une vie frêle et maudite, qui devait, en vous perdant, ne vivre que de pleurs, de chagrin et de désespoir?

O ma mère!.... ma bonne mère!.... vous qui n'existez plus, vous dans l'immensité, vous seule, ne m'abandonnez pas encore!—J'entends votre cœur qui parle au mien, — je vois votre image qui voltige autour de moi dans la nuit sombre, comme l'oiseau protecteur qui vole autour de sa couvée d'un œil inquiet, et que le vautour vient menacer.

Je vois votre tombe silencieuse s'égayer, s'émouvoir à ma vue : ce sont des cyprès qui me caressent, un bois noirci, des lettres détrempées que j'embrasse; de la terre, des immortelles qui reçoivent mes larmes. Mais c'est vous, toujours vous que je vois; vous, ma mère, vous, bonne, tendre, aimante, fière de posséder encore votre fils et de l'embrasser; comme jadis vous étiez radieuse d'orgueil quand, paré de lauriers à la distribution d'une fête, je venais les déposer sur vos genoux.

O ma mère! ma tendre mère! gloire, bénédiction, amour, reconnaissance, salut pour vous!

Tous les débris de ma pauvre âme, toutes les étincelles, toute la cendre du feu qui m'a dévoré; oui, tout pour vous!

Vous qui aimiez, qui adoriez votre fils, que votre cendre repose tranquille à la voix de mon cœur, qui a retrempé tout son courage dans le souvenir de vos vertus, et qui veut souffrir tout seul, fort de sa conscience et de la justice de Dieu!

Oui, dormez tranquilles, parents chéris; que vos âmes goûtent sans émoi et sans fiel le bonheur des justes.

Moi, je veux revivre aussi, revivre par l'amour... mais l'amour filial et l'amour divin.

LES

NUITS DU DÉSESPOIR.

DEUXIÈME PARTIE.

PREMIÈRE NUIT.

Dieu.

Que le Seigneur est bon ! que son joug est aimable !
Que son service est doux et son nom adorable !
Fidèle à le savoir, qu'on trouve de douceur
Pour consoler son âme et calmer sa douleur!
Quand je reviens à lui dans sa grâce divine,
Il arrête mes pleurs et ma muse chagrine,
Me parle d'avenir, m'appelle son enfant,
Nom chéri pour mon cœur qui flatte mon néant.

Il est si bon, ce Dieu! pourquoi le méconnaître?
Oui, c'est lui notre père et non pas notre maître.
Aussi je veux, fervent, prier, lui demander,
Caresser sa grandeur, toujours l'intercéder.
Je veux en le priant oublier ma misère,
Découvrir en lui-même une amitié sincère,
Qui puisse soutenir mes malheureux efforts,
Me rendre à la raison en calmant mes transports.

Mais je parle toujours, douleur enracinée
Qu'invétère en mon cœur chaque nouvelle année.
Je parle, et tout mon feu d'où s'échappe mon mal
Va s'éteindre en fumant dans le monde inégal.
Les paroles, les cris que je pousse sans cesse

Comme le malheureux qu'on interroge et presse,
Ne font plus qu'irriter tout mon être orgueilleux,
Offensé de souffrir et d'être malheureux.
Il voudrait, chose étrange, autant, plus qu'insensée,
Attacher tout le monde à sa seule pensée,
Parcourir chez eux tous le vide de leur cœur,
Pour y placer sa plainte et mettre sa douleur
Mais non, ce qu'il voudrait, c'est un péché le dire,
Un péché le penser, encore un pour l'écrire ;
C'est la mort, un cercueil, puis un tombeau bien creux,
Pour arrêter les pleurs qui coulent de mes yeux.

DEUXIÈME NUIT.

Le Jour de l'An.

Le jour de l'an pour moi n'est qu'une laide image
Qui revient chaque année en provoquant ma rage.
Ce jour, si beau pour tous, pour moi n'est qu'insultant,
Et réveille en mon cœur un souvenir cuisant.
Il reporte ma vie en mes jeunes années,
Où s'écoulaient alors d'enfantines journées ,
Puis où mon cœur naïf, méconnaissant l'amour,
Aurait dû vers son Dieu s'envoler sans retour.

Il n'en est pas ainsi; ma chétive structure
A poussé sans soleil et vieilli sans parure ;
Elle a souffert la soif dans ce monde désert,
De vertus, d'innocence et de vices couvert.
Elle a poussé sans bruit, sans soutien, sans rosée,
Et dans sa coque encor sa jeunesse est passée.
Voilà pourquoi mon cœur se révolte aujourd'hui,
En pensant que mes pleurs doivent couler pour lui

Pourquoi pas de bonheur? car je vois une mère
Qui presse sur son sein son enfant qui la serre.
Je vois un frère heureux qui embrasse ses sœurs,
Une famille entière échangeant tous leurs cœurs,
Un amant bien-aimé pressant ce qu'il adore,
Recevant un baiser que mon âme dévore,

Un autre plus timide, enhardi par ce jour,
Déclarant à sa belle un éternel amour.

Je vois un bon papa redressant sa vieillesse,
Entourant ses enfants, prodiguant la caresse;
Tout est joyeux chez lui, son visage gaîment
Respire le bonheur autant que l'agrément;
Il se presse, se foule, et parle tout ensemble;
C'est un heureux chaos que ce beau jour rassemble.
Celui-ci, plein d'ardeur, débite un compliment
Que l'amour paternel écoute tendrement;
Celui-là, plus savant, déroule avec largesse
Une longue écriture où son savoir se dresse.
Tout est fier en ce jour, et même l'inconnu
Peut venir sans façon, il est le bienvenu.
Enfin tout est joyeux; dans ce grand jour propice
Se confondent tous deux les vertus et le vice.

Moi seul, pauvre paria, de ce jour inhumain
Je suis né pour souffrir tous les jours, et demain
Quand l'aurore brillante aura chassé l'étoile,
Triomphé de la nuit en déchirant son voile,
Que tout le monde en joie, écartant le sommeil,
Se pressera la main dans son joyeux réveil,
Eh bien !... moi, sans fureur je courberai la tête,
Je vivrai de mes pleurs en ce beau jour de fête.
Sans soutien ici-bas, sans appui, sans espoir,
Si je veux voir quelqu'un, je prendrai mon miroir.

Je chercherai chez lui ce bonheur de famille
Où le bon accord croît sous la gaîté qui brille.
Là... je verrai mes traits altérés de douleur,
Mon visage abattu sous sa grande pâleur;
Je compterai mes ans passés sans providence,
Et sur mon front plissé je lirai ma souffrance;
Je compterai les os sur mon corps décharné;
Je jouirai moi-même étant abandonné.

O mon Dieu ! je t'invoque ! écoute, ma prière :
Ne me refuse pas, ce sera la dernière.
Tu m'as vu, tu le sais courbant comme un roseau
Sous le fier ouragan, qui fait écumer l'eau,
Tu m'as vu sans appui, succomber sous ma chaîne,
Tu m'as vu te prier et te conter ma peine.
Et cependant, Seigneur, est-ce encore un péché,
De te dire, mon Dieu : Non, rien ne t'a touché?
Oh ! le malheur pour moi, pour moi toutes tortures !
Ton infernal enfer pour guérir mes blessures !
Ton bras lourd et puissant pour venir m'écraser,
Et l'univers entier pour pouvoir t'apaiser !

Insensé que je suis, indigne créature,
Ballotté par le vent dans ma passion impure,
Je demande le mal, et mon être orgueilleux
S'étonne que le ciel ne se rende à mes vœux.
Oh ! non, non, le malheur plutôt que l'injustice !
Tous ses feux dévorants, et toujours mon supplice !
La torture en mon sein, la mort devant les yeux,
Le désespoir dans l'âme et l'avenir affreux !
Non, non, pas de bonheur, pas de douce pensée.
Mon âme incline au mal, en est embarrassée.
Embarrassée, oh ! non ! si elle est dans son cœur,
Qu'elle aille dans le mien pour finir ma douleur.
Je l'aime, la bénis; penser de l'infidèle,
C'est encor le bonheur, c'est la gloire immortelle.

TROISIÈME NUIT.

La Torture.

Incertitude, encor pourquoi viens-tu changer
Mon amour éternel en bonheur passager?
Pourquoi viens-tu ravir à mon âme constante
Ce moment de repos qui la met dans l'attente?
Oh! mortelles douleurs, en mon cœur affligé
Arrêtez votre cours, il est tout ravagé;
Il ne peut plus porter ni traîner sa torture;
Tous vos maux réunis ont comblé sa mesure;
Courbant sous son fardeau, ne pouvant plus souffrir,
Sans voix et sans colère il demande à mourir.

Oui, torture, et douleur, faites saigner mon âme,
Broyez tous mes désirs, puis éteignez ma flamme;
Calculez bien vos coups, aiguisez le poignard,
Détournez vos deux yeux, puis frappez au hasard;
Tout mon être sanglant, où règnent vos tortures,
N'a plus d'endroits sans mal pour porter vos blessures.
Frappez donc sans pitié, peu n'importe le mal,
Je le bénis cent fois s'il me devient fatal,
S'il éteint dans mon cœur ce sentiment funeste
Abîme de regrets qu'on appelle céleste.

QUATRIÈME NUIT.

Regrets amers, souffrance, deuil,
Vous m'avez brisé pour me faire un cercueil;
Votre étreinte est trop forte, il faut que je succombe;
Montrez-moi le chemin qui conduit à la tombe.

A mon âge, grand Dieu! faut-il donc sans maudire
Voir s'ouvrir sous mes pieds le marbre d'un tombeau!
Quand je rêvais pour moi, puis-je encore le dire,
Elle: — Espérance, bonheur, que mon rêve était beau!

Oui, je le sens, mon cœur, l'espoir est dissolu;
C'était l'illusion qui berçait ta misère,
Qui palliait la douleur de ton âme sincère,
        Faut souffrir: elle l'a voulu.

Mais cependant, Seigneur, pourquoi tant de souffrance,
        Être seul, toujours malheureux,
        Me voir vieillir dans mon enfance
        Sans espérance d'être heureux?

        Ah! je boirai jusqu'à la lie
        Le poison lent du désespoir,

4.

Je ne tiendrai plus à la vie;
Peu m'importe son beau miroir.

Sans crainte je verrai s'éteindre
De mon sort le triste flambeau,
Puis j'irai là sans me plaindre
Dormir au fond du tombeau.

Et quand sa fosse ouverte où descend le cercueil
Aura fermé sur moi son sinistre écueil,
Tout sera fait pour moi ; pas même une prière
Ne viendra se mêler au fond de ma poussière.

Oh ! oui, tout est chimère,
Tout est perdu pour toi;
Rien ne m'attache à la terre,
Elle aussi ne veut plus de moi.

J'ai bien compris que j'étais sur la terre
Pour y pleurer et pour souffrir ;
Mais si le ciel m'avait laissé ma mère,
Non, je ne voudrais plus mourir.

Je voudrais vivre pour elle,
Aller m'épanouir sur son sein ,
Puis alors de l'infidèle
Peut m'importerait le dédain.

Je la chérirais, ma mère,
Et pleurant entre ses bras
En lui contant ma misère
J'oublierais tout mon trépas

Elle essuierait ma paupière,
Et me donnant un baiser,
Oh ! de moi qu'elle serait fière,
Si Dieu voulait m'exaucer!

Mais non, il me faut mourir,
Mourir sur ma tige flétrie,
Apparaître et puis finir
Au plus beau temps de ma vie.

Puisqu'il le faut mourir!...
Je veux voir dans l'ornière
Tout mon corps se pourrir
Sans linceul et sans bière.

Je veux voir les corbeaux
Disputant ses lambeaux,
Et les vers par centaine
Les traînant dans la plaine.

Je veux voir ma poussière
Et mes os tout brisés,
A côté d'un cimetière
Dans la vase entassés.

Je veux voir tout le monde
Trépignant mon cercueil,
Et puis la terre et l'onde
M'arrachant mon linceul.

Je veux voir la nature,
Son soleil éclatant
Éclairer ma blessure,
Insulter mon néant.

Je veux voir mon étoile
Brillant sous le ciel bleu
Se cacher sous un voile
Pour m'ôter son adieu.

Je ne veux plus rien voir;
Torture et désespoir,

Arrachez-moi la vie...
Oh! je vous en supplie.

Oui, mourir, faut mourir.
C'est trop longtemps souffrir.
Faudra-t-il donc des armes
Pour arrêter mes larmes?

O Dieu, toi si puissant!
Regarde ton enfant.
En voyant sa misère,
Apaise ta colère.

Regarde donc son cœur
Brisé par la douleur,
Qui cherche ta justice
Pour finir son supplice.

Mais vois donc mon effroi;
Tout gronde autour de moi;
On m'arrache, on me brise,
Me tue et me méprise.

Oh! toi source suprême,
Que je prie et que j'aime,
Viens, viens à mon secours...
Je souffrirai toujours.

CINQUIÈME NUIT.

Un Rêve.

Assis dans la vallée où passe la rivière,
Je suis tombé rêveur en voyant la courrière
Venir m'envelopper dans son beau voile obscur
Où repose la lune et l'étoile d'azur.
J'ai rêvé nos beaux jours, à toi, mon Émélie,
Mon bonheur, mon amour, ma joie et ma folie.
J'étais à tes genoux, et ton éloignement
N'était plus pour mon cœur que le pressentiment.
La nuit, qui cachait tout, n'empêchait ton image
De venir me flatter en cet endroit sauvage,
Et si je désirais la clarté dans les cieux,
C'était pour te placer dans son cercle radieux.
Le vague bruissement du vent dans la vallée
M'apportait tes soupirs dans ma sombre veillée,
Et ces gémissements arrivant à mon cœur,
Me disant ton chagrin, augmentaient ma douleur.

Mais quand je revenais à nos jours plein de charmes,
Mon cœur se réchauffait sous le feu de mes larmes.
Je te voyais encor (fidèle souvenir
Qui ravage mon âme et m'arrache un soupir),
Je te voyais, sincère à mon lit de souffrance,
Dans un baiser de feu me rendre l'existence.
Je voyais ta main pure, effeuillant mon souci,
Se poser sur mon cœur palpitant et transi.

Ton oreille attentive écoutait ma poitrine,
Une larme brillait sur ta joue enfantine;
Et puis en te penchant tu me disais tout bas :
Je t'aime, mon ami; non, tu ne mourras pas.
Regarde, disais-tu; vois ce cierge qui brille,
Vois tout ce monde en joie; eh bien, c'est ta famille.

Ma main dans tes cheveux passait encor ses doigts!
Et caressait toujours leurs séduisants détroits;
Ma tête avec délice, encor familière,
Posait sur tes genoux sa face minaudière,
Et ma bouche brûlante et prête à s'embraser
Réclamait de la tienne un innocent baiser.

Ravi, je te voyais changeant à fantaisie
De couleur et d'aspect à mon âme saisie,
Tantôt sous ce costume élégant, gracieux,
Qui me faisait rêver les habitants des cieux;
Tantôt sous la blancheur de ta simple parure,
Couleur de ta belle âme innocente et si pure;
Puis sous le basin blanc de ton joli corset
Qui dessinait ta taille à mon œil indiscret;
Enfin sous une forme où je te vois plus belle,
Celle de ton matin, qui m'est plus habituelle.

Je te voyais dans l'air doucement voltiger,
Répandre autour de moi des bouquets d'oranger.
Mon âme en ce moment habitait la demeure
D'un céleste séjour, d'une terre meilleure,
Et tout mon être entier, voulant suivre ton cœur,
Étendait en rêvant ses bras à mon bonheur.
J'étais heureux d'aimer, car ma mélancolie
M'apportait tes trésors, ma charmante Émilie.

Mais la lune se cache et le ciel en courroux
Noircit son horizon, fait trembler mes genoux.

L'éclair brille à mes yeux, et l'éclat du tonnerre
Vient en fendant la nue épouvanter la terre.
Le vent souffle et rugit, tout gronde autour de moi;
Le ciel et l'ouragan me remplissent d'effroi.
Unissant leur furie et leurs voix vagabondes,
Leurs cris vont se croisant effrayer tous les mondes,
Et leur rage épuisée au sein de l'univers
Va finir en râlant dans mille échos divers.

Alors, ange gardien, tu fuis dans la campagne,
Et mon cœur amoureux veut suivre sa compagne.
Il vole çà et là, — court et cherche tes pas;
Mais c'est un rêve affreux, je suis tout seul. — Hélas !
Je pleure, je gémis, mon cerveau déraisonne ;
Toi, la terre, éléments, alors tout m'abandonne ;
Je regagne mon toit, craintif et silencieux,
Sans oser une fois regarder vers les cieux.
Je me couche isolé, je me lève de même :
Le monde tout entier m'a jeté l'anathème.

Méry, février 1841. A elle.

SIXIÈME NUIT.

Malheur.

Tu souffres ? on me dit : — Vis donc dans l'espérance :
J'espère ? — Eh bien, le temps augmente ma souffrance.
Mes jours sont sans gaieté, mes nuits sont sans sommeil;
Pour moi seul il n'est plus maintenant de réveil.
Si parfois ma paupière, indocile à mon âme,
Se ferme quelquefois pour rêver à ma flamme,
C'est toujours du malheur, réveil accoutumé;
Je vois fuir loin de moi l'ombre qui m'a nommé;
Je parle, je m'écrie ; au milieu de ma fièvre,
Tout meurt dans mon palais, tout finit sur ma lèvre.
Je me trouve étendu, couché sur le linceul
Qui doit m'envelopper, me conduire au cercueil.

Ton souvenir cuisant revient à ma mémoire
Et promène mon cœur dans sa fatale histoire.
Tout est calme; — et pourtant j'entends un bruit confus
Qui ravage mon être immobile et perclus.
Je vois et ne vois pas; est-ce une femme, un fantôme,
Un revenant, ma mère, ou bien est-ce un atome?
Est-ce l'enfer, le feu, l'ingrate ou la parjure,
Qui revient en ce lieu me lancer une injure ?
Non : c'est ma pauvre tête et mon cœur égarés.
Que leurs oublis cruels ont tout dénaturés.
C'est mon âme en délire, en pleurs tout embrasée,
Qui se plaint et gémit, se voyant délaissée.

SEPTIÈME NUIT.

Le Pardon.

O toi que j'aime encor, que je bénis toujours,
Que je cherche des yeux dans la nuit de mes jours :
Toi, parjure infidèle à ma noble et jeune âme,
Qui trompes mon amour et que mon cœur réclame.
Eh bien !... je te pardonne autant que le Sauveur,
Sur ma croix de misère où tu joins la douleur ;
Je vais prier pour toi dans ma retraite obscure,
En cachant dans mon sein ta noire flétrissure.

Oui, toi, qui fuis mes pas pour éviter mes yeux,
Écoute, en t'en allant, le plus pur de mes vœux ;
Toi, que j'adore encor malgré tes inconstances,
Que je chéris toujours au milieu des souffrances.
Va, parée en sourire, insulter à mon cœur,
En amenant chez lui par jour une douleur.
Eh bien !... pour se venger écoute sa colère :
Il te prierait encor s'il te voyait sincère,
S'il entendait ta voix, perdue en un soupir,
Apporter à ton cœur un noble repentir.

Et cependant c'est toi qui romps mon existence,
M'as versé le poison, et ravi l'espérance ;
C'est toi qui m'as brisé comme un pauvre joujou,
Pour caresser tes jours, et tu m'as rendu fou.
Puis à tes pieds, meurtri, devenant inutile,
Tu m'as poussé du pied comme un objet futile ;

Comme un bouquet fané m'arrachant de ton sein ,
Oui!... tu m'as délaissé sans me tendre la main.

Et cependant c'est toi, si j'ai bien la mémoire,
Qui cueillais ma jeune âme enivrée en ta gloire,
Pour couronner ton front, pour embellir tes jours
De ces moments précieux que forma nos amours.
C'est toi qui pris ma main, la serras dans la tienne,
La portas sur ton âme éloquente et chrétienne;
Alors!... oui, j'en conviens, éperdu, consumé,
Je sentis que j'aimais et que j'étais aimé ;
Je me mis à tes pieds, ravissante mémoire!
Je jurai de t'aimer pour chanter ta victoire.

Et toi, beau souvenir : — je m'en rappelle aussi,
En confondant nos cœurs tu me parlas ainsi.
Non. — Je ne dois parler, ma plume s'y refuse,
Vacille dans mes doigts et condamne ma muse.
Elle a peu d'expression pour rendre le bonheur
Qui se lit dans les yeux, qui se sent par le cœur.
Passons donc sans bruit sur deux douces années
Que la paix, le bonheur, ont tous deux enchaînées.

Mais aujourd'hui, pourquoi la mortelle douleur
Revient-elle en riant me montrer sa laideur?
Oh!... si j'avais ma mère, en lui contant ma peine
Je sécherais mes pleurs de sa divine haleine ,
Je mettrais dans son cœur un peu de mon chagrin,
Et pour me consoler j'entendrais le matin:
Courage, mon enfant! viens embrasser ta mère,
Apporter dans son sein ton mal et ta misère ;
Viens dans mes bras sacrés, enfant que je chéris ;
Il te reste une mère : elle adore son fils.

Mais non, je suis tout seul : et l'écho qui m'écoute
Va répétant, sans bruit, lentement, sous la voûte,

Les accents déchirants qui sortent de mon cœur ;
De mon cœur tout brisé d'amour et de douleur.
Ah ! mon amie, écoute, écoute ma prière ;
Reviens sur ton passé, ne jette pas la pierre.
Ne te souvient-il plus de ces jours si joyeux
Où nos âmes sans voix se parlaient toutes deux,
De ces jours si charmants qui réveillent mon âme,
Mon amour, mon tourment, enfin toute ma flamme ?

Tu les as oubliés, toi, parjure et sans foi :
Pourquoi t'aimer encor, penser sans cesse à toi ?
Oh ! si tu fus restée à ton serment fidèle,
Que de beaux jours de plus, que de peine cruelle
Tu pouvais éviter à ton cœur comme au mien,
Qui s'afflige en secret d'être éloigné du tien !
Pourquoi m'as-tu trompé, toi que j'adore encore
Au milieu du tourment que mon âme dévore ?
Pourquoi fuis-tu Paris, délaisses-tu mon cœur,
Qui veut te pardonner, oublier ton erreur ?
Ah ! si tu pouvais lire au milieu de ma flamme
Le pardon généreux qui vole de mon âme,
Bien sûr, tu reviendrais sans honte et sans effroi
Embrasser le pardon qui veut aller à toi.

Ton âme, je le sais, coquette, aussi légère,
Se repent aujourd'hui d'une erreur passagère.
Il existe du bon dans ton être inconstant ;
Je le croyais toujours, je le vois maintenant.
Espère et crois toujours. Va porter en Russie
Les regrets éternels dont ton âme est saisie ;
Va sous ce ciel glacé privé de la lumière
Porter ton cœur en deuil et ton âme en prière.
Moi, pour toujours aussi sensible à tes malheurs,
J'irai sur ton chemin, pour y jeter des fleurs,
Aplanir le sentier qui suit le précipice
Où tu devras passer pour cacher ton calice.

Oui ! va, je veillerai ; pour toujours en émoi,
Mon cœur sincère et pur ne pensera qu'à toi ;
Dans la route éloignée il sera ta boussole,
Il marchera devant ; — et toujours sa parole
A consoler ton âme empreinte de douleur,
Oui, mettra son seul bien et son dernier bonheur.

Mais on me trompe encor dans ma délicatesse ;
Pourquoi tant de détour pour payer ma tendresse ?
Crois-tu donc que mon âme, épuisée en douleur,
Veuille aller sur tes pas insulter ton malheur ?
Crains-tu que mon courroux, aigri par la tempête,
Veuille aller lâchement s'apaiser sur ta tête ?
Non !... — Toi, qui m'as perdu, qui m'as ravi l'espoir,
Qui m'as fait oublier mon serment, mon devoir,
Je veux te pardonner ; j'y trouve la jouissance
Que donne la vertu quand on meurt sans vengeance.

Va, fuis sur l'Océan, recherche le brouillard
De la froide Angleterre, ou l'horrible hasard
Va te mettre en contact de ma flamme première,
Que tu brisas si bien pour couvrir de poussière.
Qu'elle aussi te pardonne avec cette bonté
Qui sait gagner les cœurs, désarmer la fierté.
Qu'elle t'offre la main pour descendre au rivage,
Et qu'en voyant tes pleurs elle oublie ton outrage.
Aimez-vous toutes deux ; voyez-vous sans colère,
Votre bonheur à vous finira ma misère ;
Car je vous vois encore, et dans mes jours obscurs
Mon cœur passe Océan ; mes yeux percent les murs.

A l'infidèle, 1843.

LA SUITE PROCHAINEMENT.